Hansel y Gretel

Hansel and Gretel

Retold by Manju Gregory
Illustrated by Jago

Spanish translation by Marta Belén Sáez-Cabero

MANTRA LINGUA

Hace mucho, mucho tiempo, había un pobre leñador que vivía con su mujer y sus dos hijos. El niño se llamaba Hansel y su hermana, Gretel. En aquel tiempo una enorme y terrible hambruna se había extendido por todo el país.

Una noche, el padre se dirigió a su mujer y se lamentó: "Ya casi no tenemos pan con que alimentarnos".

"Escúchame", dijo su esposa. "Llevaremos a los niños al bosque y los abandonaremos allí. Pueden cuidar de sí mismos".

"¡Pero las bestias salvajes podrían comérselos!", gritó el padre.

"¿Quieres que muramos todos?", dijo ella. Y la mujer insistió e insistió, hasta que su marido le dio la razón.

Once upon a time, long ago, there lived a poor woodcutter with his wife and two children. The boy's name was Hansel and his sister's, Gretel. At this time a great and terrible famine had spread throughout the land. One evening the father turned to his wife and sighed, "There is scarcely enough bread to feed us."

"Listen to me," said his wife. "We will take the children into the wood and leave them there. They can take care of themselves."

"But they could be torn apart by wild beasts!" he cried.

"Do you want us all to die?" she said. And the man's wife went on and on and on, until he agreed.

Los dos niños permanecían despiertos, inquietos y debilitados por el hambre.
Lo habían oído todo, y Gretel lloraba amargamente.
"No te preocupes", le dijo Hansel. "Creo que sé cómo podremos salvarnos".
El niño salió de puntillas al jardín. Bajo la luz de la luna, relucientes guijarros blancos
brillaban como monedas de plata en el camino. Hansel se llenó los bolsillos de guijarros
y regresó para confortar a su hermana.

The two children lay awake, restless and weak with hunger.
They had heard every word, and Gretel wept bitter tears.
"Don't worry," said Hansel, "I think I know how we can save ourselves."
He tiptoed out into the garden. Under the light of the moon, bright white pebbles shone like
silver coins on the pathway. Hansel filled his pockets with pebbles and returned to comfort
his sister.

A la mañana siguiente, muy temprano, antes incluso de que amaneciera, la madre zarandeó a Hansel y Gretel para que se despertaran.

"Levantaos, vamos a ir al bosque. Tomad, aquí tenéis un trozo de pan para cada uno, pero no lo comáis todo de una vez".

Todos partieron juntos. Hansel paraba cada poco y se volvía para mirar a su hogar.

"¿Qué estás haciendo?", gritó su padre.

"Sólo me despido de mi gatito blanco. Está sentado en el tejado".

"¡Tonterías!", contestó la madre. "Di la verdad. Sólo es el sol de la mañana que brilla sobre la chimenea".

A escondidas, Hansel iba dejando caer guijarros blancos a lo largo del camino.

Early next morning, even before sunrise, the mother shook Hansel and Gretel awake.

"Get up, we are going into the wood. Here's a piece of bread for each of you, but don't eat it all at once."

They all set off together. Hansel stopped every now and then and looked back towards his home.

"What are you doing?" shouted his father.

"Only waving goodbye to my little white cat who sits on the roof."

"Rubbish!" replied his mother. "Speak the truth. That is the morning sun shining on the chimney pot."

Secretly Hansel was dropping white pebbles along the pathway.

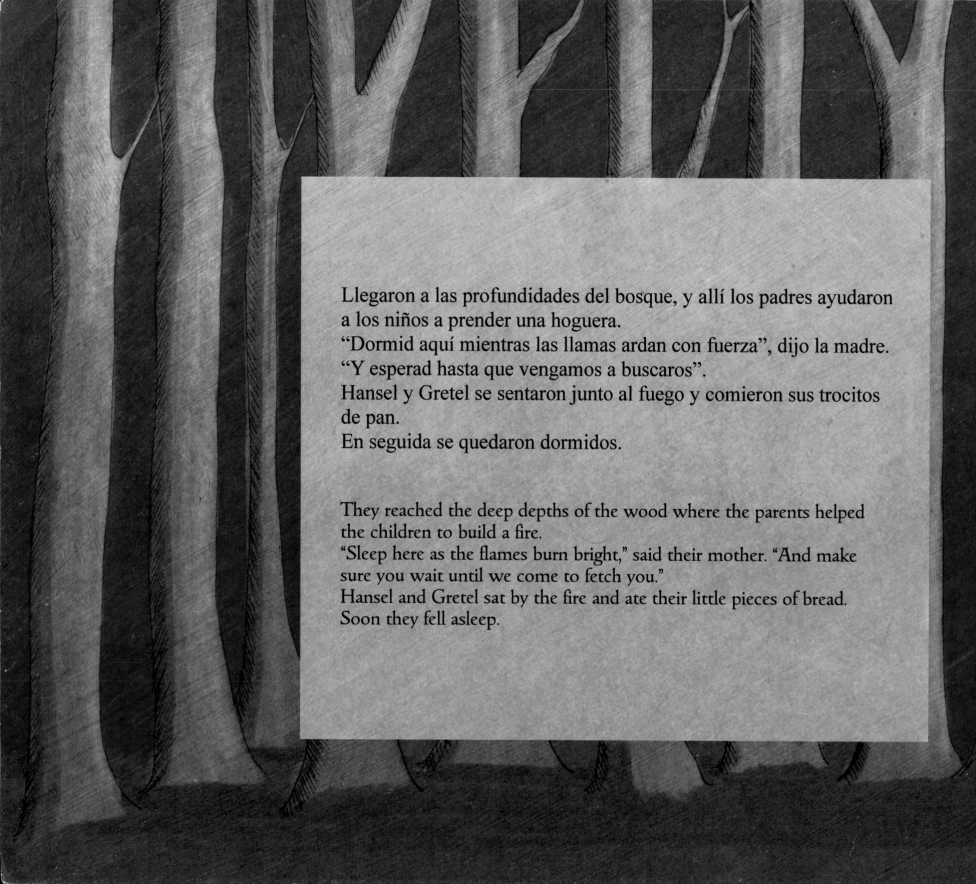

Llegaron a las profundidades del bosque, y allí los padres ayudaron a los niños a prender una hoguera.

"Dormid aquí mientras las llamas ardan con fuerza", dijo la madre. "Y esperad hasta que vengamos a buscaros".

Hansel y Gretel se sentaron junto al fuego y comieron sus trocitos de pan.

En seguida se quedaron dormidos.

They reached the deep depths of the wood where the parents helped the children to build a fire.

"Sleep here as the flames burn bright," said their mother. "And make sure you wait until we come to fetch you."

Hansel and Gretel sat by the fire and ate their little pieces of bread.

Soon they fell asleep.

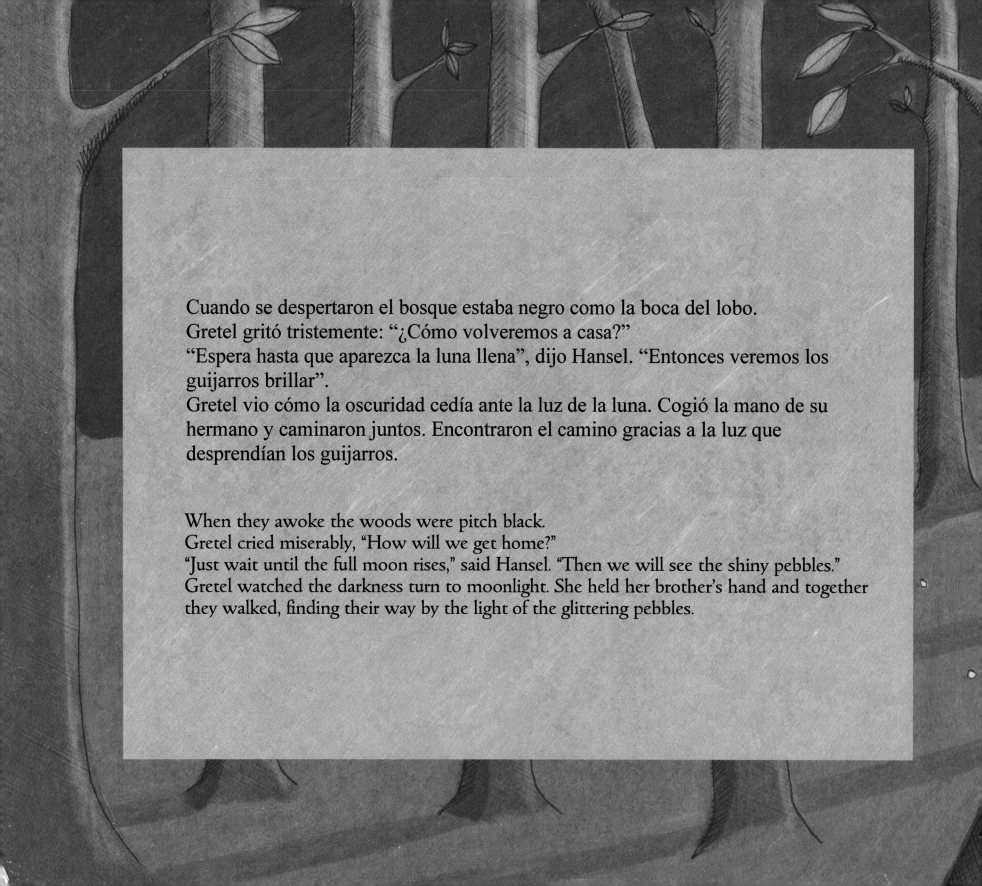

Cuando se despertaron el bosque estaba negro como la boca del lobo.

Gretel gritó tristemente: "¿Cómo volveremos a casa?"

"Espera hasta que aparezca la luna llena", dijo Hansel. "Entonces veremos los guijarros brillar".

Gretel vio cómo la oscuridad cedía ante la luz de la luna. Cogió la mano de su hermano y caminaron juntos. Encontraron el camino gracias a la luz que desprendían los guijarros.

When they awoke the woods were pitch black.

Gretel cried miserably, "How will we get home?"

"Just wait until the full moon rises," said Hansel. "Then we will see the shiny pebbles."

Gretel watched the darkness turn to moonlight. She held her brother's hand and together they walked, finding their way by the light of the glittering pebbles.

De madrugada llegaron a la cabaña del leñador.
Cuando su madre abrió la puerta, exclamó: "¿Por qué habéis
dormido tanto tiempo en el bosque? Pensaba que nunca ibais
a venir a casa".
Estaba furiosa, pero el padre estaba feliz. No le había gustado
nada abandonarlos.

El tiempo pasó. Seguía sin haber suficiente comida para alimentar a la familia.
Una noche Hansel y Gretel oyeron por casualidad a su madre decir: "Los niños
tienen que irse. Los llevaremos al corazón del bosque. Esta vez no encontrarán
el camino de vuelta".
Hansel se levantó de su cama sigilosamente para coger guijarros como la otra vez,
pero en esta ocasión la puerta estaba cerrada con llave.
"No llores", le dijo a Gretel. "Ya se me ocurrirá algo. Ahora duérmete".

Towards morning they reached the woodcutter's cottage.
As she opened the door their mother yelled, "Why have you slept so long in the woods?
I thought you were never coming home."
She was furious, but their father was happy. He had hated leaving them all alone.

Time passed. Still there was not enough food to feed the family.
One night Hansel and Gretel overheard their mother saying, "The children must go.
We will take them further into the woods. This time they will not find their way out."
Hansel crept from his bed to collect pebbles again but this time the door was locked.
"Don't cry," he told Gretel. "I will think of something. Go to sleep now."

Al día siguiente, con unos trozos de pan todavía más pequeños para el viaje, los niños fueron conducidos a un lugar recóndito en medio del bosque donde nunca antes habían estado. Cada poco Hansel se paraba y tiraba migas al suelo.

Sus padres encendieron una hoguera y les dijeron que se fueran a dormir. "Vamos a cortar leña y vendremos a buscaros cuando hayamos terminado", dijo su madre.

Gretel compartió su pan con Hansel, y los dos esperaron y esperaron. Pero nadie vino.

"Cuando aparezca la luna, veremos las migas de pan y encontraremos el camino a casa", dijo Hansel.

La luna salió, pero las migas habían desaparecido. Los pájaros y los animales del bosque se las habían comido todas.

The next day, with even smaller pieces of bread for their journey, the children were led to a place deep in the woods where they had never been before. Every now and then Hansel stopped and threw crumbs onto the ground.

Their parents lit a fire and told them to sleep. "We are going to cut wood, and will fetch you when the work is done," said their mother.

Gretel shared her bread with Hansel and they both waited and waited. But no one came.

"When the moon rises we'll see the crumbs of bread and find our way home," said Hansel.

The moon rose but the crumbs were gone.

The birds and animals of the wood had eaten every one.

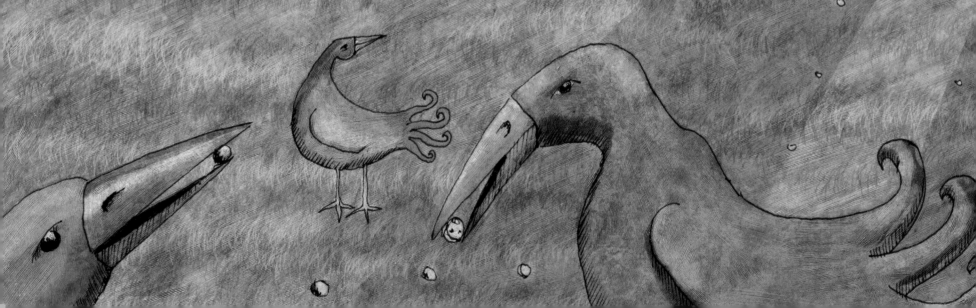

"Pronto encontraremos una forma de salir de este oscuro bosque",
dijo Hansel.
Los niños vagaron por el bosque durante tres días. Finalmente,
hambrientos, cansados y alimentados sólo de bayas, se echaron
a dormir al pie de un árbol.
El dulce canto de un pájaro plateado y blanco los despertó.
Cuando el pájaro salió volando hacia el interior del bosque, los
niños lo siguieron, hasta que llegaron a la casa más maravillosa
que jamás habían visto.

"We will soon find our way out of this wilderness," said Hansel.
The children searched the woods for three days. Hungry and tired,
feeding only on berries, at last they lay down under a tree to sleep.
They were awakened by the sweet song of a silver white bird. When the
bird flew off into the forest the children followed, until they reached the
most wonderful house they had ever seen.

The walls were tiled with strawberry tarts,
the roof was made of chocolate hearts.
Around the windows were caramel frames
and the pathway was lined with candy canes.
"Now we can eat!" said Hansel and he bit off
a piece of the roof.
Suddenly, they heard a voice. "Jimney, Jimney,
who's that nibbling at my chimney?"
"It's the wind, it blows right in," they
answered, and went on eating.
All at once the door opened and a strange,
shrivelled woman appeared. Beyond her tiny
spectacles she had blood red eyes.
Hansel and Gretel were so frightened they
dropped their sweets.
"What brought you here, my dears?" she said.
"If it is hunger, then come and see what I
have for you."
She took them by the hand and led them
into her little house.

Las paredes estaban revestidas de tartaletas de fresa, el tejado estaba hecho de corazones de chocolate. Alrededor de las ventanas había marcos de caramelo y a ambos lados del camino de entrada se alineaban tiras de golosinas.

"¡Ahora podremos comer!", dijo Hansel y le dio un mordisco a un trozo del tejado.

De repente, oyeron una voz. "Ea, ea, ¿quién está mordisqueando mi chimenea?"

"Es el viento, que sopla en su interior", respondieron y siguieron comiendo.

De pronto la puerta se abrió y apareció una extraña mujer toda llena de arrugas. Detrás de sus diminutas gafas se escondían unos ojos rojo sangre.

Hansel y Gretel se asustaron tanto que se les cayeron los dulces al suelo.

"¿Qué os ha traído por aquí, queridos míos?", dijo. "Si es el hambre, entonces venid a ver lo que tengo para vosotros".

Los cogió de la mano y los condujo hacia el interior de su casita.

¡Hansel y Gretel comieron unas cosas riquísimas! Manzanas y nueces, leche y tortitas cubiertas de miel.

Después se echaron en dos pequeñas camas cubiertas con colchas de lino blanco y durmieron como si estuvieran en el cielo.

Mirándolos atentamente, la mujer dijo: "Estáis tan delgados. ¡Que tengáis felices sueños esta noche, porque mañana comenzarán vuestras pesadillas!"

La extraña mujer que vivía en una casa comestible y cuya vista no era muy buena sólo había fingido ser amable. ¡En realidad, era una malvada bruja!

Hansel and Gretel were given all good things to eat! Apples and nuts, milk, and pancakes covered in honey.

Afterwards they lay down in two little beds covered with white linen and slept as though they were in heaven.

Peering closely at them, the woman said, "You're both so thin. Dream sweet dreams for now, for tomorrow your nightmares will begin!"

The strange woman with an edible house and poor eyesight had only pretended to be friendly. Really, she was a wicked witch!

Por la mañana, la malvada bruja agarró a Hansel y de un empujón lo metió en una jaula. Atrapado y aterrorizado, pidió ayuda a gritos.

Gretel acudió corriendo. "¿Qué está haciéndole a mi hermano?", gritó.

La bruja se rio y puso sus ojos rojo sangre en blanco. "Estoy preparándolo para comérmelo", contestó. "Y tú me vas a ayudar, jovencita".

Gretel estaba asustadísima.

La bruja la envió a la cocina para que preparara grandes raciones de comida para su hermano.

Pero su hermano se negaba a engordar.

In the morning the evil witch seized Hansel and shoved him into a cage. Trapped and terrified he screamed for help.

Gretel came running. "What are you doing to my brother?" she cried.

The witch laughed and rolled her blood red eyes. "I'm getting him ready to eat," she replied. "And you're going to help me, young child."

Gretel was horrified.

She was sent to work in the witch's kitchen where she prepared great helpings of food for her brother.

But her brother refused to get fat.

La bruja visitaba a Hansel todos los días. "¡Asoma el dedo para que pueda ver cómo estás de rollizo!", le decía de malos modos. Hansel sacaba un hueso de pollo que había guardado en su bolsillo. La bruja, que como ya saben veía muy mal, no podía comprender por qué el niño seguía en los huesos.
Después de tres semanas perdió la paciencia.
"Gretel, recoge la leña y date prisa, que vamos a meter a ese chico en la olla", dijo la bruja.

The witch visited Hansel every day. "Stick out your finger," she snapped. "So I can feel how plump you are!"
Hansel poked out a lucky wishbone he'd kept in his pocket. The witch, who as you know had very poor eyesight, just couldn't understand why the boy stayed boney thin.
After three weeks she lost her patience.
"Gretel, fetch the wood and hurry up, we're going to get that boy in the cooking pot," said the witch.

Con gran parsimonia Gretel echaba leña al fuego para calentar el horno.
La bruja se empezó a impacientar. "¡Ese horno ya debería estar listo.
Métete en él y comprueba si ya está caliente!", gritó.
Gretel sabía exactamente lo que la bruja tenía en mente. "No sé cómo
hacerlo", dijo.
"¡Idiota, niña idiota!", la bruja vociferó. "La puerta es muy ancha.
¡Hasta yo quepo!"
Y para demostrarlo metió su cabeza en el horno.
Rápida como un rayo, Gretel empujó a la bruja hacia el interior del
horno en llamas. Cerró la puerta de hierro, echó el cerrojo y corrió
hacia Hansel gritando: "¡La bruja ha muerto! ¡La bruja ha muerto!
¡Se acabó la malvada bruja!"

Gretel slowly stoked the fire for the wood-burning oven.
The witch became impatient. "That oven should be ready by now. Get inside and see if it's hot enough!"
she screamed.
Gretel knew exactly what the witch had in mind. "I don't know how," she said.
"Idiot, you idiot girl!" the witch ranted. "The door is wide enough, even I can get inside!"
And to prove it she stuck her head right in.
Quick as lightning, Gretel pushed the rest of the witch into the burning oven. She shut and bolted the iron
door and ran to Hansel shouting: "The witch is dead! The witch is dead! That's the end of the wicked witch!"

Hansel salió a toda prisa de la jaula como un pájaro en pleno vuelo.

Hansel sprang from the cage like a bird in flight.

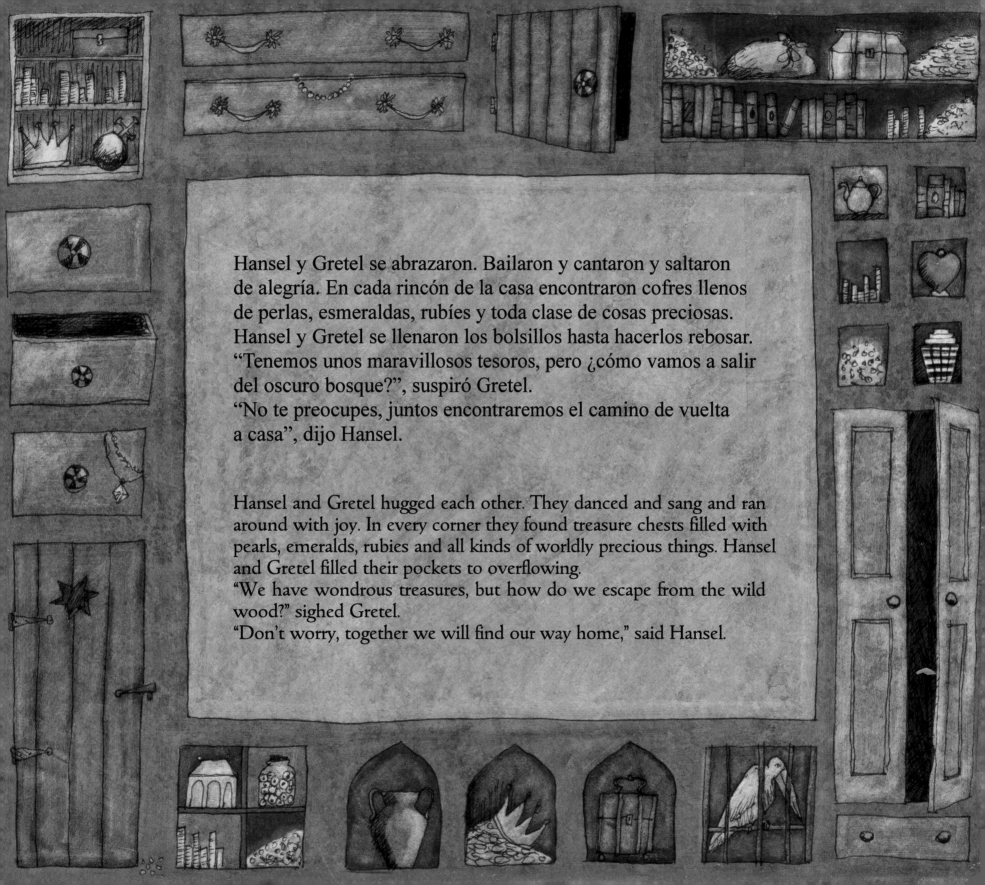

Hansel y Gretel se abrazaron. Bailaron y cantaron y saltaron de alegría. En cada rincón de la casa encontraron cofres llenos de perlas, esmeraldas, rubíes y toda clase de cosas preciosas. Hansel y Gretel se llenaron los bolsillos hasta hacerlos rebosar. "Tenemos unos maravillosos tesoros, pero ¿cómo vamos a salir del oscuro bosque?", suspiró Gretel.

"No te preocupes, juntos encontraremos el camino de vuelta a casa", dijo Hansel.

Hansel and Gretel hugged each other. They danced and sang and ran around with joy. In every corner they found treasure chests filled with pearls, emeralds, rubies and all kinds of worldly precious things. Hansel and Gretel filled their pockets to overflowing.

"We have wondrous treasures, but how do we escape from the wild wood?" sighed Gretel.

"Don't worry, together we will find our way home," said Hansel.

Después de tres horas, fueron a dar con un tramo de agua.

"No podemos cruzar", dijo Hansel. "No hay barcas, ni puentes, sólo agua limpia y cristalina".

"¡Mira! Una pata, blanca como la nieve, está nadando sobre las ondas", dijo Gretel. "Quizás pueda ayudarnos".

Juntos cantaron: "Señora pata cuyas blancas alas relucen, por favor, escuche.

El agua es profunda, el agua es extensa, ¿podría llevarnos a donde la tierra está seca?"

La pata nadó hacia ellos y llevó primero a Hansel y luego a Gretel sanos y salvos a la otra orilla, donde les recibió un mundo que ya les resultaba familiar.

After three hours they came upon a stretch of water.

"We cannot cross," said Hansel. "There's no boat, no bridge, just clear blue water."

"Look! Over the ripples, a pure white duck is sailing," said Gretel. "Maybe she can help us."

Together they sang: "Little duck whose white wings glisten, please listen.

The water is deep, the water is wide, could you carry us across to the other side?"

The duck swam towards them and carried first Hansel and then Gretel safely across the water.

On the other side they met a familiar world.

Paso a paso, encontraron el camino de vuelta a la cabaña del leñador.
"¡Estamos en casa!", gritaron los niños.
Su padre sonrió de oreja a oreja. "No he tenido ni un momento de felicidad desde que os fuisteis", dijo.
"Os busqué, por todas partes…"

Step by step, they found their way back to the woodcutter's cottage.
"We're home!" the children shouted.
Their father beamed from ear to ear. "I haven't spent one happy moment since you've been gone," he said.
"I searched, everywhere…"

"¿Y Madre?"

"¡Se ha ido! Cuando se agotó la comida, abandonó la casa como un huracán diciendo que nunca volvería a verla. Ahora sólo estamos nosotros tres".

"Y nuestras piedras preciosas", dijo Hansel a la vez que metía la mano en el bolsillo para mostrar una perla tan blanca como la nieve.

Entonces su padre dijo: "¡Bien, creo que por fin todos nuestros problemas se han terminado!"

"And Mother?"

"She's gone! When there was nothing left to eat she stormed out saying I would never see her again. Now there are just the three of us."

"And our precious gems," said Hansel as he slipped a hand into his pocket and produced a snow white pearl.

"Well," said their father, "it seems all our problems are at an end!"